據湖北省圖書館藏清鈔
本影印原書高二十九點
八厘米寬十八點二厘米

（清）嚴觀　撰

湖北金石詩

國家圖書館出版社

陝北金石志

國家圖書館出版社

本頁原書高二十九厘米
寬十八厘米
陝北省圖書館珍藏善本

篇　目

隋□□寺鐵鑊銘

宋玉泉寺鐵塔銘

鐵佛寺鐘銘

元玉泉寺鐘銘

過髮鐘銘

皇慶二年鐵井欄銘

景德禪寺廢鐘銘

乾明寺鐘銘

天寧寺鐘銘

篇目

一

至正三年鐵塔銘

玉泉寺雙鐵釜銘

明楊忠烈公（連）雙刀識

唐金枝寺殘碑

大通禪師碑

碧玉流三字

馬珦石門題名

窊尊石

怡亭銘

寶曆四年惠泉詩碣

宣聖像吳道子畫

宋廣惠塔銘

慧通禪院歸柔和尚碑

高塔寺碑

峴山飲餞題名石幢

玉泉院唐賢留題合刻

宋范忠宣公像

嘉祐七年上泉正書題名

鄂州雜咏

元豐三年四月正書蘇東坡題名

篇目

二

元豐三年十月沈遼正書題名

東坡畫像石刻

東坡詞碣

東坡梅花石刻

洗墨池三字

黃魯直僧伽妙應塔記碑

魏了翁叢蘭精舍記

報恩禪師塔銘

德淳禪師碑

安陸四賢堂碑

聞喜亭歐陽修行書題名

道楷禪師碑

寶陀巖李伯紀建炎三年六月正書題名

慧照禪師塔碑

淨嚴大師塔銘

李楷淳熙七年題名

明悟大師塔銘

淳熙十五年上泉寺正書題名

蒙泉二字

象山慶元元年行書題名

篇目

三

靈泉寺碑

南烏崖沈百藥三篆字

二宋二連新祠記

上泉寺楊輔嘉泰元年四月行書題名

嘉定元年二月劉光祖上泉寺行書題名

鄂州重修北榭記

新建御書閣記

梅巖二正字

李曾伯淳祐十一年四月紀功銘

元魏國忠懿阿剌罕碑

善公行實碑

竟陵重修縣學記

長春道院至元十七年正書石碣

襄陽路重修廟學記

宗明禪師重建寺記

洪山寶塔八記

加封孔子詔書

景德禪院田地界碑

名公題品碑

武安靈溪二堰記

篇目

四

劉公橋記

武昌路重修學廟記

大別山禹廟碑

義勇武口英濟王碑

損菴益公道行碑

重修廨宇創建譙樓記

勝像寶塔

寶林寺鐘銘

圖書在版編目（ＣＩＰ）數據

湖北金石詩：一函一册 /（清）嚴觀撰 . — 北京：國家圖書
館出版社 , 2023.7
　ISBN 978-7-5013-7159-4

Ⅰ . ①湖… Ⅱ . ①嚴… Ⅲ . ①古典詩歌－詩集－中國 Ⅳ .
① I222.72

中國國家版本館 CIP 數據核字 (2023) 第 058359 號

國家圖書館出版社
官方微信

書　　名	湖北金石詩（一函一册）
著　　者	（清）嚴觀 撰
責任編輯	黄 鑫
出版發行	國家圖書館出版社（北京市西城區文津街 7 號　100034）
	（原書目文獻山版社　北京圖書館出版社）
	010-66114536 63802249 nlcpress@nlc.cn（郵購）
網　　址	http://www.nlcpress.com
排　　版	常州市彩之源數碼圖像有限公司
印　　裝	常州市金壇古籍印刷廠有限公司
版次印次	2023 年 7 月第 1 版　2023 年 7 月第 1 次印刷
開　　本	298×182　1/8
印　　張	7
書　　號	ISBN 978-7-5013-7159-4
定　　價	480.00 圓

版權所有　侵權必究
本書如有印裝質量問題，請與讀者服務部（010-66126156）聯繫調換。